雪物語

田中郁子

思潮社

雪物語　目次

装幀＝思潮社装幀室

雪物語

田中郁子

ノドの地

去る日には百日草の花があかい
カラスアゲハがふるえながら蜜を吸っている
山と山に囲まれた辺境があった
風が吹いた畦草がゆれた
ここからはミゾカクシ　キケマン　マツヨイクサが見える
何ひとつ紡ぎはしない無人の静かな真昼
ただそこに田に合う水と田に合う品種があった
早苗が植えられ稲穂は刈り取られ何かが終わった
去る日に後ろを振り向く
一億年前の馬が見たものが畦草の中にあるのではないかと
けれど目路のはるかで切り株がならび

キャタピラの沈んだ跡に水があおく光っている
収穫の後の瞬かぬ放心の目
わたしたちの生涯はその繰り返しで終わる
辺境の水田で無数のわたしたちは
限りない労役を惜しまない
それでも願ったものを手にすることは少ない
いかなる日にも風が吹いた畦草がゆれた
チカラシバ　アメリカセンダン　アカマンマ　ツユクサ
何ひとつ装うことのない無人の静かな夜明け
何も言わなかった田が牛のように起き上がり
背から泥土をこぼし近づいてくる
――田は田であるところと田でなくなったところがあるが
――田はただ田であり続けたい――白い息を吐いて言う
そこにはわたしの影が長い列をつくってうなずいている
何ということだろう
わたしたちは地の果てにいる

雑草と穀物と根菜類の地に埋もれている
それだからか
永遠のことばが風になる畦草になる
お別れに群れて咲くママコノシリヌグイに声をかける
この世でながく辺境の風に吹かれると
ただ　野花の名前をおぼえてしまうのだと……
ただ　声のないものの声を聞くのだと……

＊ノドの地　創世記四章、カインの追放された地

呼吸する図面

波打つ図面の一角を指で押さえる
押さえる指の下から見渡すと
叙情の野花を越えて
茶色の田の畦に祖先累代の農民が並ぶ
腰を曲げて田植えが始まる
腰を曲げて稲刈りが始まる
立ち枯れる稲穂　旱魃　冷夏の夏
低い屋根から戦死者を葬る人の列
過去が姿を消して新しい図面が作られる時
窪んだ田は消され働く人間はどこかへ消え
文明の匂う田植機やコンバインが現れる

見晴らしよく整備された稲田の
図面右上の直線に指を移し
わたしたちの生のための四月へとずらしていく
畦草が萌黄の風に芽ぶき
水田に役牛を追う男たちが
泥水をはねて図面を汚す
あれから牛は売られていった
不気味な綱で引きずられ後ずさりし
黒い尻尾は消えていった
切り捨てられた価値に目覚めていなければならなかったが
「ダム」は建設され「国道」は開通した
だが空き家が一つずつ増え耕作放棄地が一つずつ増える
力を抜いた指を少し下にずらすと線上でナズナが騒ぐ
井手《いで》*のふちにガマの穂が並び
羊水のような水たまりにドジョウがひそんでいる
指を離すと水に濡れている

嗅ぐとセリの香がただよう
そして　いきなりブルドーザーが音高く
背後から近づき母を轢いていった
母は何度もふりかえり線上を走る
「ココカラ　コウマガッテ　コチラニイッテ」
土地の境を告げ足もとから消えていった
以来　わたしが山峡の国道を渡る時
どこからか大きな車両が近づき背中から轢いていく
ゆっくりと後ろをふりかえりふりかえり農道に入って
幾度もわたしは戻ってくる
星ふる一綴りの過疎よ
深く息を吸い込むと
たくさんの誰かが一緒に深くふかく吸い込み
ひどく膨張した灰色の部屋の中で
わたしの押さえた指の中に
図面はすばやく吸い込まれていった

*井手　田の用水をせきとめてあるところ

雪物語

終日　雪が降ると村人は寡黙になる　まばらな家はさらに孤立する　辺境の暗い屋根の下で　女はコタツから離れなかった　向き合った私も離れなかった　耳を傾けると　寒風がゴオーッと山肌を滑り降り　はげしい吹雪が近づくのがわかった
こんな日には　白い馬が蹄の音高く中空をかけめぐる
女は瞬きもせず一点を見つめていた　男は降る雪の中杉山に出かけたが夕刻になっても帰らなかった　「あの人はまた白い馬に出会ったのだわ　訪ねてくる友人もなくさみしくて」　女の声はたった昨日の私の声のようだった

男は真冬の山林に出かけ　雪の重みにたわみ裂ける木に
声をかけて歩くのだ　しかし　幾度となく雪の窪みに埋
もれて失神した　その度に降る雪が頬に積もったが　頬
の温もりで溶け　その冷たさに目覚め立ち上がった
たどりついた家の戸口に立った男から　なぜか馬の匂い
がした

誰ひとり出かけぬ雪の山林に道はない　けれど男にはす
べてわかる　幼い苗木を植林し下草を刈り間伐をし　枝
打ちしてきた杉山の　土の窪み岩のかたちを　忘れるは
ずはなかった　いつも木肌に手の平を置いて語りかけて
きたのだ　しかしある日　中腹のあたり　木と木の間を
縫って白い馬が鬣なびかせ　右横に走り去るのを見た
茫然としていると　今度は反対側から現れ左横に走り去
った　何かの錯覚と思い一足一足家路を急ぐ　すると背
後に馬の気配がして振り向くと　半ば狂った白い馬が躍
りかかるように突進してくる　あっというまもなく蹴り

飛ばされ雪に埋もれる　その時の馬のいななきを自分の声のように思いながら　気を失っていった　降り続く雪は額に積もったが　額の温もりで溶け　その冷たさに目覚め立ち上がった　陽は傾き気温は下がりうなだれた馬のごとき姿で　家路を急ぐ　たどり着いたその時　戸口の前で蹄の音がした

女の顔が動いた　馬蹄のために雪はいっそう降りやまぬものとなり　自分がほんとうは何者なのかと深く問われているのだ　男は作業着に凍りついた雪を払い落としている「また出会ったのね　あなたには訪ねてくる友人もなく　でも何より山の杉の木に会いたいのだから」私の声はもう何年か前の女の声のようであった「私たちはこうして帰ってくる物語にいつでも会えるのね」もはや誰の声でもなく風に舞う雪の声であった　蹄の音が遠のいて戸が開き　雪と汗に濡れた男が帰ってきた充たされた顔の中で吐く息が白い　やはり馬の匂いがし

た　降りやまぬ雪の日の遠い夢の中で　女は私の眠りを
ひたすらねむり　私はもう誰のものでもない眠りをねむ
った　眠りの中でも雪は　しんしんと降り続いている
——ほら　今夜も蹄の音が近づいてくるね
——音高く中空を駆けめぐっているね

たどりつけば憶う

屋根はふんわりと雪をかぶり
たどりついたわたしを迎えてくれる
正面のガラス戸に顔を映すが
無言で裏庭へまわる
枯れたアジサイの花が雪を冠にしている
ことばを持たず燃えつきたのではない
花はみるみるあお色になり
梅雨明けの空から
わたしがゴムマリのようにころげ出てくる
オカッパのスカートを見送ってから
西向きの納戸の窓を見る

とうに沈めた部屋から
空腹に泣く子供の声がする
そばで縫い物をしているやさしい手が
いきなり糸きりばさみを投げつける
キンとタタミにはねかえる
それはたった昨日の断片
この家に嫁した憤懣やる方なき手のこと
今　その胸の内を憶う
わたしはジャノヒゲに足をとられながら
台所の裏口に立つ
すでにひんやり静まってはいるが
中では荒くれ男の猥雑な声
地酒はふるまわれ酔い潰れ
やがて山師のダミ声で商談は手を打たれる
山林の木材を売った紙幣で生活した時代
女子供の夕食は忘れられあとまわしになる

暗い山峡のきびしい林業の日々が板戸に残る
それはたった一つ前の世代のこと
ちらっと頭上を仰ぐと
屋根から雪がドサリ落ちて頬が濡れる
復員後の父が池の鯉を楽しんだ家
雪に耐えぬいた棟木垂木の古い家
たどりつけばいつも憶う
わたしを守ってくれたものの数々
わたしが背いたものの数々

梨の木

学徒動員で大陸の地を踏んだ叔父は　帰還してまもなく　梨の木のある家に婿養子にいった　高く堅固な石垣の上にその屋敷はあり　庭の端に一本の大きな梨の木が枝を広げていた　白い花が咲く頃　下から見上げると天の輝きのように美しかった　まもなく叔父は五十歳に手が届かず突然死した　敗戦後の庭でよく遊んでくれた叔父であった

石垣は現在　コンクリート製のものにかわり　梨の木は切られ　雨戸は閉ざされ空き家になってしまった　石垣の裾を土の道がゆるくカーブして墓地へ続いている　草

ぼうぼうの人一人やっと通れるこの道だけが舗装から免れていてわたしの好きな道である　誰にも会わずこの道を通ると朱赤のフシグロセンノウ　青紫のヤマトリカブトの静寂に出会いほっとする　栗のイガが落ちているそれを踏んでやっぱりほっとする

叔父の死後まもなく叔母は村を出ていった　大都市のマンションに暮らす息子の片隅に身を寄せたが　年のうち八月だけは家を守り独り暮らす　九月がくると「留守を頼みます」という叔母も歳月を重ね　「あまり長生きはしとうない……また村で暮らしたらよいのにといってくれる人もいるけれど……」と笑いをこぼしながら　田畑は他人にまかせて去るのだ　見つめると老いた背に　梨の花びらが舞い落ちている　その時だけ舞台中央に立つ満開の梨の木が　大きく身をゆすぶっているのだ

燃える草木

冬の天空はどんよりたわみ
痛いくらいに乾いた風が
枯れ草をゆすぶる
ガザガザ　ガザガザ　ガザガザ
田の畦の斜面で冷たい風は
決まったように荒々しく言う
さあ　枯れたのだからはやく燃えておしまい
よろこんでもいいのだ
めらめらと燃えておしまい無用なおまえたち
ガザガザ　ガザガザ　ガザガザ

すると　辺境の黒い手が火をつける
カヤツリグサ　カモガヤ　ススキの群れが
ぼうぼうと燃えはじめる
まわりの草にちろちろ燃え移る
いびつに縮れ煙りなめるように広がっていく
その外れに一本の柿の木があった
何年も孤独に立っていた
執拗な炎が這いながらたどりつき根元をまわる
すぐに荒々しい炎が幹を見あげ下枝から上へ上へ
垂直にあがるあかい炎の勢いになる
誰かの声が聞こえる
さあ　おまえも燃えておしまい実をとる人間もいない
よろこんでもいいのだ
めらめらと燃えておしまい稲田にお前の影はいらない
嘲笑するように火の粉がはじけながら燃えあがる
幹は黒くくびれたところからよじれ

一瞬　天空に浮きあがり
静寂の中へくずおれていった

蟬の中の一本の樹

蟬のようにはげしく鳴くものの死骸は
納得して土にかえすことができる
野原には一本の樹が誇り高く立っていて
根は地中ふかく錨をおろし
永遠の腕を伸ばし抱きとめてくれる
こうして　蟬の夏は地中でながく営まれる
暗黒の夏から顔をだしたこむしは草木の葉裏で殻を脱ぐ
午前九時を鳴き午後三時をはげしく鳴く
蟬は蟬の声でうっとりと鳴くように創られていた
一匹はただ　枝から枝へ移り鳴きつづけ
一匹はただ　だまって産卵しつづけ

孵化した幼虫は地中にかえりつづける
せめてその間は鳴きつづけるのであろう
しかしある日　風雨が吹きつけ梢がたわむと
ふと　考えてしまったのである
一体　自分はなぜ鳴くのか何を鳴いているのだろうか
それは非常に疲れることだった
羽を閉じて行き止まっている蟬のようなものが
自分であることに気づくのだった
けれど　ひたすら誇り高く立っている樹を登る以外なかった
どうすることもできなかったのである
蟬は蟬以外の声で鳴くことは許されていなかったから
樹液を吸うとふたたび飛び移っては鳴き登りつづけた
天空は果てしなく遠かったが何も考えず
吸い込まれていく以外なかった
すこしずつずり落ちていることさえ気づかなかった
蟬の中にはいつも誇り高い一本の樹が立っていたから

それでよかったのである
蝉のようにはげしく鳴くもののいのちは
納得してこの手に握ることができる
納得してふたたび飛び去らせることができる

風の家

風を入れる日があって戸口に体を入れると
人影がガラス窓に映り過ぎていった
人語の絶えた家ではどこかでふしぎな音がする
しかし何年何十年とながく孤立すると
ふと自分のこころを取り戻すことがあるのか
こっそりささやきはじめている
囲炉裏の間から奥に入っていくと
台所のテーブルと椅子が低くささやき
皿やフォークを並べる音がして
鍋をかきまぜる少女の影がスプーンを握っている
薪が燃える匂いがして煙りの方へ向かう

ストーブのまわりで男の声がどもっている
近づくと煙突のなかに消えたところだった
水玉もようのエプロンがふわぁっと落ちている
フスマを開けるとタタミは一枚の海のよう
裸足で歩くとひんやり冷たかった
障子あかりに目をやるとまた人影が映り過ぎていった
西の部屋のタンスはタンスの上の人形と
細い廊下はカーテンのすそとこっそりささやきつづけている
誰かが静かに呼吸しているようだった
家には手や耳や煙がしみる目が残っていて
人影には力つきたことばが力つきたまま
いまだ語りたいものが残っているのか
ふかい闇のなかを探して歩く
何代もつづいた家のかたちは残酷であろうか
わたしは風を入れなければならない
外にでると竹やぶがザワザワと騒ぐばかりだった

やがて家は風の帯に幾重にもくるまれ
あっけなく杉山の中腹に還っていった
花嫁のように抱かれて還っていった

あさい夢　妹を偲んで

ねむりの中に霧が流れていました
「海辺に立つブルターニュの少女たち」*が
額の中に立っているあたりにも古びた板の天井にも
霧が流れていました
わたしの二つの目はとじていました
牛の目が四つとじたまま猫が四つの足を折ったまま
柿の木の下に柿のやわらかい花がたくさんの目をとじたまま
しかし　絵の中の少女は三つの目をあけていました
夜明けが近い夢の中で
霧が村をおおいつくしていました
村人はみんな死んだように目をとじたまま

川面にも草木の野にも霧が音もなく流れていました
その霧をほそい指がかきわけて
ことばになる前のふるえる声が
わたしに近づいてくるのがわかりました
霧はどこかすすり泣いているようでした
やがてあなたの影があらわれ村の戸口に足をかけ
すべるようにブルターニュの少女の前に立った時
あなたは村人に知られるのを恐れ
光がこわくて水音がこわくて
山鳩の鳴き声におびえ
人間のささやきを避けていたのに
ブルターニュの少女の前に立った時
幻を聴いていて
妄想にとらわれていて
混乱していたのに
わたしのあさい夢の中にふかい霧が流れていて

いま　ようやく
ブルターニュの海辺に立っているのでした
わたしたちは肩を寄せあって並んでいるのでした

＊ポール・ゴーガンの絵

イチョウの記

なまぬるい風の中に意味不明のことばが混じりはじめると
乾いた唇をして
あなたは山の家に独り扉を閉めて暮らす
あなたは絵を描くのが好きだった
それも画用紙にイチョウの木を描き
黄色のクレヨンで塗りつぶすだけだった
くる日もくる日も同じものを描き同じ色を塗り
一年が過ぎもう何年になるだろう
やっとほんとうの自分を見つけたのか
幹は誇りたかく天を指し枝はすべてを受けとめるように
たくさんの腕をのばし

それに葉と葉を繁らせ黄色く塗りつぶしていった
くる日もくる日も同じものを描き同じ色を塗り
一年が過ぎもう何年になるだろう
自分だけの部屋でただ独りになれる時間くらい
恩寵に充ちたものはなかったのだ
画用紙は尽きることなく誰に見張られることもなかった
しかしある日　窓からほんもののイチョウの木が見えた
それからはイチョウの黄葉をくる日もくる日も見続けた
病気はただ見ることだけで充分だったのだ
けれどイチョウは落葉の記憶を忘れなかったから
一枚一枚と散りはじめる
すると画用紙の中の葉も一枚一枚散りはじめる
ついに窓の外も内も一枚残らず散ってしまった
そしてなまぬるい風の中に銃声が混じりはじめると
あなたはまたどこかへ出かけてしまった
あれからもう何年になるだろう

山の家の木机の上にはたくさんの画用紙とクレヨンが
今でも残っているはずだ

あれは向こうへ

ナンテンの赤い実がうなだれている
裏庭に立つと
雪が降っている中空のあたりに
土蔵の戸がすこし開いたままになっていて
それは胸の厚みくらい開いていて
暗い闇をはきだし続けながら
浮かんでいる
戸を閉めようと近づくのだが
雪は向こうへ向こうへと降っていくので戸口も
向こうへ向こうへと遠ざかる
土蔵の戸は硬く二重になっていて

外側は鉄板で分厚く内側は木製の戸になっている
なぜ　開いたまま幾つもの冬が過ぎたのだろう
何だろう　知らないうちに過ぎていくものは……
しばらくすると
女が夏のユカタをきて自分の乳房を痛いほどおしつけ
土蔵の闇に入っていく
しばらくすると
また　体を横にはだしの片足を出し
やはり乳房をむりやりおしつけて
雪の外に出てくる
女はいつもうすい衣の体ひとつで出たり入ったり
くりかえしくりかえし　雪に混じって形を結ばない
雪の降る向こうへ向こうへ遠ざかっていく
わたしも向こうへ向こうへ体を移していくのだが
雪の足はつよい風にさらわれて　追いつけない
いつの間にかナンテンの実が白い庭に立っている

冷たい冬の風が土蔵の暗い口へ
枯れ葉一枚と一緒に吸い込まれていった

早春

ながい旅から帰ってきたように
山峡の庭に立っている
冬の冷気と積雪の重量に
枯れてしまった木　折れた枝　裂けたシャクナゲ
傷んだものたち
その中にしなやかにレンギョウの黄花が咲いている
石垣のもとには
去年のままのアジサイが死の色をして首をたれ
すぐもとに小さな命がキリッと芽吹いている
終わるとはもう一つの出発が用意されていることなのか

幾度も見てきたはずなのに
いま　はじめて見るようにまぶしいのはなぜ？
見慣れたものは一度も深く見ていなかった
と　いうこと？
あるいは　再び出会うことはないとしたら……
ふと　そう見直すからかしら
風は畦草の小花の上に
終止符を置いたり
出発点を置いたり
まるで　わたしのもう一つの旅のよう
ポケットに手を入れて稜線を仰ぎ空を仰ぐ
空にはミルクをこぼしたような雲が流れていて
なんとなく人の顔形になる
くずれながら　わたしをじいっと見つめる
誰だろう
高圧線の鉄塔の方へ消えていった

頁がめくられるように
いきなり空がめくられることもあるのだ

八月の湖

八月の風が宍道湖を渡る
空には灰色の雲
湖畔の珈琲館から
白い波頭を見ている
立ち上がっては崩れ　また
いきもののように立ち上がっては崩れている
やがて陽が射して波は白い歯を見せる
すると　波間から若者がぬっと現れる
手をふって沈む
二度ともどらない
呼びかけようとするのだが

記憶が水びたしになってことばにならない
昭和二十年八月三日
志願兵の従兄弟のアッチャンは十七才で戦死した
——この部屋のこの畳を狂わんばかりに打って泣いた
　あんな母さんを見たことがない——
アッチャンの妹は語った　その声が
白い波頭になっては崩れ　また
いきもののように立ち上がっては崩れている
八月はわたしたちに告げる
あらゆるものが過ぎていくと
死んでいった人間の命について
目覚めていなければならないと
だが　わたしは波頭を静かに見つめるだけだ
珈琲館は　ついに箱舟になって出発する
錯覚であるにせよ　信仰であるにせよ
生きたかったことばをアララテ山に運ぶのだ

そして　わたしのことばは湖底の一番ふかい所に沈める
ぶあついガラス窓から
白い波頭を見ている
立ち上がっては崩れ　また
いきもののように立ち上がっては崩れている

受胎告知

数ある「受胎告知」の絵の中で　フィレンツェにある
サン・マルコ修道院のフラ・アンジェリコの壁画が好き
だ　ただ画集で繰り返し見るだけだが　聖霊によって身
ごもるという人類未踏のドラマにもかかわらずきわめて
静謐だ　特別な出来事とせず自然に描かれているように
思う　つつましい僧院の一角で聖処女と天使だけが対峙
している　鳩もユリも添えられていない　わずかに前庭
の草花と柵の向こうの茂みが葉音をたてているかに見え
る　わたしはその庭を現実の場所に思ってしまう　そこ
はいつの間にか　よく出入りする小道のある庭になって
しまう

我が山里にデージーが群れサギゴケやクサノオが雑草と共に咲く庭がある　日に何度となく大人や子供が歩くので自然に通りができている　かつて役牛が追われ水田に続くもの　一つはゆるく波形に曲がって畑に向かうものがある　わたしはその曲線と曲線の分岐点で　黒いネコやケムシや草刈り機を持つ農夫に出会う　だが　初夏の風が反転して雑草の中に消えるあたりで夢見るものになる　十五世紀の僧院の庭が　時空を超えて　わが庭の草花となり茂みにそよぐ風となる　その時だけマリアと天使の肉声に聞き耳を立てている

萩の家

この部屋には年に一度萩の花が白い盛りに
虫干しのためにやってくるのでした
そして　なぜかタンスの一番上の引き出しを開けるのです
何度開けても　ほんのちょっとの間だけなのですが
わたしを呼ぶ声がするのです
生まれて百日目にかぶったわたしの帽子の中からでした
アルバムの中で母親に抱かれて
この帽子をかぶった赤ん坊がわたしだったのです
白色がくすんで虫食いもありました
自分の誕生の始まりがどのようにしてやってきたのか
自分の目で見ることはできません

けれど　始まりは喜ばしくま新しいのです
同じように　終わりも自分の目で見ることはできません
たぶん　静かに出かけるのでしょう
手に取ってみるとフリルがたくさんあり裏地は絹でした
そっともとに戻しあの日と一緒に閉じました
けれども知りませんでした
帽子がこんなに年月を保存するなんて
いつの間にかわたしを脱ぐなんて
また　呼ばれているような気がしてふりむくと
若い母親が買ったばかりの帽子を着せたわたしを抱いて
オイデオイデをさせているのでした
それはバイバイだったのかも知れません

冬の窓

冬の窓からは　乳母車が見える
裸枝を硬直させた銀杏並木をガタガタと
赤い毛糸の帽子と手袋を着せ
幼女を乳母車に乗せて通り過ぎていくのが見える
間近くすれちがう時
今でもやさしく微笑み交わすことにしている
ちらちらと雪は降り続き
何時から独りで歩くようになったのか
冬は　向こうからやってきて
あんなふうにあたたかい上着で幼女をくるみ
乳母車に乗せてガタガタと通り過ぎていったのだ

風が冷たく頬を打つ日にも
リンゴやバナナや魚を同居させて
夕暮れを急いだ日もあった
わたしはいつの間にか乳母車から手を離し
外套のポケットの中で何かを探している
わたしの乳母車からは一人降り二人降り三人降りていった
銀杏の裸枝から小鳥が飛びたっている
はじまる季節を知っているのだ
冬が日光と体温を奪う時にも
白い雪をかぶった山頂はおごそかに歌う
——霧のようなうれいもやみのような恐れも
　みなうしろに投げすてこころを高くあげよう*1——
それだから　わたしは再び未来を乗せるように
あの日を乳母車に乗せて幾度も行き帰りしている
ひそかな思いを聞いてきた
遠く平和に連なる鳶《トビ》ヶ巣《ス》*2の山に向かって

＊1　賛美歌第二編

＊2　新見市内の山の名前

挽歌

あのカエデの木がいつ倒れたのか
あなたが亡くなって一年過ぎた冬に気づいたのです
赤いナンテンをとりに来た時
雪の布団をふんわりきて地面に横たわっていたのです
寒いでしょうと声をかけると
もう　半身土に抱かれていますから暖かいのです
というのです

あの月桂樹の木がいつ枯れたのか
あなたが亡くなって三年過ぎた春に気づいたのです

いくら待っても新芽が出ないので切ってしまいました
あなたの後を追ったのかしらとつぶやくと
この切り株から若芽が伸びかけていますよ
というのです

それから何年後のことだったか
古い桜の木が台風で傾いたのです
次の年の五月　生き残っていた枝から蕾がふくらみ
少ないながら　みごとな花が咲いたのです
誰かが見上げた花をあなたが見上げ
今　わたしが見上げているのです
どこかでウグイスがきよい声で歌うので
語りかける言葉がなくなってしまいました
この時　はじめてあなたがこの世から去ったのだと
はっきりわかったのです

あなたがうっとりと小鳥の声を聞いて
わたしがうっとりとただ聞いているだけなのです

第一の樹

愛と分娩でかわいた子宮よ*
おまえを喪ってからというもの
わたしは体の芯に一本の樹を茂らせている
眠るまえにふさふさとした暗い影を落とすが
昼間はぼんやり霧につつまれた常緑
忘れているくらいだよ
ながく一緒に暮らしているうちに
わたしはおまえの幹にもたれ一息ついたり
耳をこすりつけ相談相手にもしている
わたしが横たわるとおまえも横たわるが
おまえの濃い影の中でいつも探さなければならない
あの日の愛しいこどもはどこへいった？

みずみずしいわたしの歳月はどこへいった？
おまえは揺れるだけで名前も知らせない
わたしは肉体の奥も見えず
ほんとうはおまえの容姿だってぼんやりなのだ
ただ緑の葉っぱがきらりきらり目を射るからわかるだけさ
ある夜おまえはめずらしく語りはじめる
大栗山のおそろしい風雪で少年が死んだこと
真夏のはげしい造林作業で老人が気を失ったこと
栗拾いにやってきた少女のこと戦争がはじまったこと
野兎の親子がかけ抜けていった日のこと
それはむかしむかしの子守歌だったから
わたしはおまえの落ち葉に埋もれて眠ってしまうのだ
ただ満月に屋根瓦が濡れたように光っていて
何だかおまえの足跡のように

＊クワジーモド「森は眠る」より

第二の樹

わたしが草の道を出かけると
いつも一本の樹にぶつかるのです
一本の樹が突然あらわれて
ひたいの真正面から思いきりぶつかってくるのです
たちつくして痛みをなだめていると
封印された声が風にのってきて
樹は樹によって罰せられるごとにぶつかってきて
前歯を折ったり
唇に血をにじませたりするのだという
わたしはざらざらした樹皮に手を触れ

ふたたび歩き始めるのです
草の道には土と石ころがあって踏み外すばかり
足首にママコノシリヌグイがからんで笑うのです
するとまた樹があらわれて
頬にぶつかってあかい傷ができて
ママコノシリヌグイは身をよじって笑いころげるのです
あの子をおきざりにして出かけるとそうなるのです
不具のことばは不具のまま覚醒して
ふいに直立するのです
それでも何かがわたしを出かけさせるのです
遠ざかる月日がわたしの手の平に用意されていて
けれどきびしく罰せられる樹も用意されていて
あおい貌をしたあの子の悲しみにぶつかるのです
風もないのに物憂い音をたてて
黒い地面にぬかずいたりするのです
またある日

一本の樹には産卵する膨らんだカマキリが
ふるえながら時を待っているのです

落葉の小道

わたしの中には落葉の散り敷く小道がある
雑木林の下陰に黄や紅の葉が風にたわむれる山の道だ
高い山の手前でふた手に分かれている
どちらに往ってもよかったが
一人で二つの道を往くことはできない
一つの道はワラビやゼンマイが萌えるところ
もう一つの道は山桜の峠から街に向かうところ
同じくらいに足跡がある
わたしはいつも佇んでしまう
やはり一人で二つの道を往くことはできない
ある日　ただ風に落葉が舞い上がるだけだったが
わたしは誰に誘われたのだろう

人の足跡のほとんどない山の斜面に入っていった
道のない道はずっと先まで続くはずだ
深い山の中の腐植土は馥郁とかおり
靴を沈めるほどやわらかい
ゆっくり呼吸をととのえながらひと足ひと足斜面をのぼる
ほの暗い立ち木の中　自分だけの灯りをともして
歩くだけになるとすべての不安を忘れる
いつからか　人の足跡のほとんどない腐植土に体を埋め
わたしはわたしの中を歩きはじめたのだ
どこが出口かよく判らないけれど
もう引き返すことなど考えなかった
それがわたしを変えてしまったのだと……
遠いとおいどこかで　遠くにいる一才のカホに
とぎれとぎれでもいい　語りたいと思う
わたしの中には落葉散り敷く小道があって
ふっと　出かけてしまう日があって

孤島

人間が老いると　窓になってしまうということは　まわりの人が気づかないだけで　ほんとうはよくあることなのだ　わたしの場合　数日窓からあおいものを見ていた時のこと　胡瓜の葉が　一面に地をおおい　蔓の先が巻きつくものを求めて空をつかもうとしている畑を　見て過ごすことに始まった
――あれはどんなにしても　コリコリと歯ごたえのある実をつけるだろう　葉がくれに黄の花さえちらつかせているではないか――
そのうちに　はげしく茂ってくる葉と蔓に　かこまれて　自分がどこにいるのか　わからなくなってくる

ある夜　星を撒く男を雲間に見る　その男の手から　たくさんの星がばら撒かれるのを　瞬きもせず見たのだ
地上には落ちなかったが　そのうつくしい輝きの下でカタバミが葉と葉を閉じて　うっとり眠っているのを見てから　誘われたのかふかい眠りに落ち　そのままになってしまう　二度と窓から入ることも出ることもなかった　窓になってしまったのだ
遠い山里の古い家では　無数のわたしが無数の老婆となっていまでも窓に映っている　結局　わたしが窓から見たものは　胡瓜の茂みとカタバミだったと思う　その畑の大きさが　孤島そのものだったと思う　わたしはその孤島を今でも全世界のように見つづけている

点景

ガマの葉が　頬を刺すほどに伸びる湿田の　乏しい収穫が終わると　すぐに冬の風が吹く　切り株ばかり並ぶ田の畦草に陽はうすい　その畦草に老婆が腰を降ろしている　過去につながれた鎖を手繰り寄せるように　白い子犬の鎖を握りゆるめたり　引き寄せたりして半円を描かせ　遊ばせている　ちろちろと子犬は走り回る飛びはねる　しかしどんなに走り回っても同じ所で　切り株は一向に終わらなかった　老婆はうれしそうに話しかけるうなずきながら低い声で　笑いながらささやくように死んだ男に話すように　幾度も幾度も話しかける　子犬が二つの耳を立てて止まると　鎖を強く引いて命令口調

の声を出すのだが　子犬にはなぜか分からなかった　子犬の中にも野生の犬がいて　はげしく疾走したいものがあったのだ　あるいは　つながれていたのは老婆の方かもしれなかった　独り暮らしの老婆には犬はすでに　伴侶であり　どんな秘密も　隠さずに過ごしてきたのだった　そんなわずかなものにつながれて　人は半生を生き抜くことができるのだ

何年か前　目にした光景だが　雪が降りはじめると　しきりに　あの老婆のことが気になりはじめる　多分　雲間から明るい陽がふりそそぐと　幸せな顔をしてどんな不安も消え失せただろう　しかし暗雲におおわれ冷たい風にさらされると　孤独でふと死を考えていたのかもしれない　わたしはあの場所から　遠く去ったのだが　雪がちらちら降ると　わたしのまわりに子犬がやってきてちろちろ走り回ってしかたがないのだ　あの風景は夢の中で見たのだろうか

傾斜

真昼　人間が降りてこない坂道で車椅子を押す　足腰の弱った老婆を乗せて　雲一つ浮かんだ空に向かってゆっくりと押して上っていく　片側の竹やぶが風に鳴るだけの　誰にも会わない坂道は　ことばを忘れた老婆の外気浴には丁度よかった　わたしにとっても　他人の目に触れぬことは気楽であった　その日　老婆はいつもより重くなっていった　くくりつけた体がずり落ちそうに傾いてくる　うつむいて眠っているのだ　この時　誰も信じないだろうが　間違いなく赤ん坊を抱いているのだ　多くの老婆が赤ん坊を抱いているというのはほんとうである　我が子を抱きしめ頬擦りしているのを見るのは微笑

ましい光景である　その赤ん坊はとっくに成人してしまったが　老婆には今も存在する　実際その胸に抱くことができる老婆だけの　真実の世界なのだ　もう歩けなくなって　死が近くなれば自分の赤ん坊を抱くことが必要なのである　自分の人生をもう一度生きる最後の楽しみというべきか　こうして終わりがくることを知るのであろうか　それとも始まりにもどるのであろうか　歓びの悲しみの　重くおもくなっていく車椅子を押しながらわたしは懸命に　傾斜に耐える　老婆はあの過去の部屋で赤ん坊に　母乳を飲ませながら眠ってしまったのだ　誰も起こすことはできない深い眠りに落ちていったらしい　わたしは今でもあの坂道を上ることがある　必ず重たい車椅子を押してあえいでいるが　ほんとうは車椅子が好きなのである　よく見ると　老婆はいつでもわたしの顔をしているからだ

十月

自分の時代が終わりに近づいてくる足音を　さまざまな場所で気づき始める老女のことだ　生まれ月の十月　白薔薇の咲く昼下がり　もう誰も開けないタンスの引き出しを　開ける　今年もその日がやってきた　人間が寝起きしなくなって久しい部屋のタンスの引き出しに手をのばし　幼女の帽子を手にする　この日にはキンモクセイがかおり　白薔薇がほのかにかおった　その上よく晴れた日であった

半身にマヒのある老女が　ただ一人の老女であるためには　どんな老女の仲間入りもしないことであったから季節は心の中だけでめぐり　親しい人とも心の中だけで

話しかける　もう言葉がなくなったかのように　いつも壁に向かって語りかけている　過去と現在は一体となって　自分が老女であることを忘れる　しかしなお生き生きと自分の世界を飛びまわることはできた　苦しみの日々とか悲しみの日々とかが　少しは人を強くするものかどうか　自分の名前もぼんやりなのだ
だが　手の中の白薔薇が縫い付けられた赤い帽子を見つめていると　自分がどこにいるのかぼんやり思い出すのだ　その時　古い写真の中でビロードの帽子をかぶった幼女にもどるのだ　人間はそうなりたいと思っていると　時には実現することがある
やがて　もうすぐやってくる日常を越えた夢の世界に足をかける　薔薇の花飾りの帽子をかぶり　白薔薇を一輪　胸に抱いて大切なあの人に届けに出かけてしまう　深いよろこびに満たされ未知の世界を飛びまわる時がきたのだ　土ばかり耕してきた生涯の中で一番幸せな日だ

ったかも知れない
どんな人間の一生にもよく晴れた十月はある　その日は　どうしてもキンモクセイのかおる日でなければならない　庭には白薔薇が一輪咲いていなければならない

小鳥の声

農耕に生涯をついやす者の多くは腰を痛める　独りの老婆が腰痛のため次第に歩けなくなっていった　家から一歩も出ることができず　閉じこもった生活をしていたが　ある朝　重い腰をあげることになった「歩け歩け老いても筋力は鍛えられるよ」と小鳥が鳴いたのだ　何という小鳥か分からなかったが「歩け歩けさあ歩け」としつこく鳴き続けたのである　そこでかつての散歩コースを選んだ　はじめの一歩は何とかなりそうに思われた　空を仰ぐことも心地よかった　しかし駅前の橋をわたり川の流れに沿う折り返し点となる所で　体が急に重く足が鉛のように動かなくなり　一足歩いては止まり一

足歩いては休み　途方に暮れてしまった　川べりの柵に
身を寄せて　じいっと考え込んでいる　その老婆とは
わたしの中に住んでいる老いでもある　立ち尽くしたま
ま風と光を全身に浴び　時が流れたことを知らされてい
る　するとまた小鳥の声がする　もう「歩け歩け」とは
聞こえなかった　「わたしと一緒に歩きましょう」と聞
こえてくるのだ　そうだ　自分はとっくに死んでいてこ
こからは誰かと一緒に歩くのだ　そうだ遠く離れて住ん
でいるがやさしい末の娘と一緒に歩いてみよう　すると
急に体が軽くなってきたのである　ああ老いるとは夢見
ることだったんだと気づきはじめる　見えない小鳥によ
り頼むことを知った老婆は　ほほえみをうかべてゆっく
りゆっくり歩きはじめたのである　これらのことは　稀
に人語を理解する小鳥に出会った時にのみ起こることで
ある

ヌスビトハギ

ある日一枚の木綿の仕事着が　ダンボール箱の底にきちんとたたんであるのに気づく　ひろげると草の実の鉤爪《カギヅメ》が一つ食い込んでいる　どこかで見た草の実だ　これを見たら捜すだろうと　母は死後の脳髄に予想を託したかどうか……　やはり　わたしは跡を追う　庭から湿田へと行きもどりする　いつの間にかズボンの裾についているではないか　どこでついたのかますます捜したくなる　ついに庭の外れのほの暗い樹の下で見つける　すぐ図鑑で調べる　その名は「盗人萩・盗賊室内に潜入し足音せぬよう蹠《アシウラ》を側だて其の外方をもって静かに歩行する其の足跡が莢《サヤ》の形状相類するによる……＊」とある　その

間わたしは日常から抜け出していた　草の実ごときにこだわるのも心底に潜む自衛策　体のバランスの取り方なのだろうか　また母がどの道を繰り返し行きもどりしていたか知りたくもあった　それがなかったら「盗人萩」を見つけた時の小躍りもなかったであろう　結局　其の仕事着は草の実と共に元に収める　花柄のデザインに捨て難いものがあったのだ
わたしたちの村は山野の中にありどの家にも藪陰がある　老人子供とも秋になると半月の実をどこかにつけて運ぶ　ただ気づかないだけだ　地に落ちた実は芽吹き秋ふかくひっそりとほの暗い樹の下や藪陰に愛らしい淡紅色の花をつける　自分は自分だという顔をして　しおらしく揺れている　ほの暗い場所ではほの暗さが似合うものが咲く　名も容姿も問われることはない　むしろ手放さなければ絶えてしまうのだ
村に存亡の風が吹く時も　あれこれ手放してなお　ほほ

えむ顔だけが残っていく

＊「牧野日本植物図鑑」より

あとがき

県北にある私の生家は空き家になってしまった。冬は少し南部の高尾に住むが、夏場は空き家に戻って暮らす。田畑の管理があるし、涼しいからでもあるし、草木や山川に囲まれているからである。生きることが定められた私の「場所」山峡である。私にはそれ以外なかったから、始めから「場所」にこだわるしかなかった。「山峡」という目に見える地上の場所から、目に見えない仮想の場所へ細い橋をわたして、自分に固有のものを表現したいと、夢見てきたが、それはとても難しいことだった。自分があちら側にいったりこちら側にいたり、「時代」というものに向き合うことにもなったりして、混乱しているに違いない。

ともかく、ここまで何とか歩いてきた自分の足跡である。そして、老いても、物を見る確かな瞳と夢想を失わないでいたいと思う。詩誌や詩集で励まし支えてくださった詩友の皆様に心から感謝いたします。思潮社の小田久郎氏、藤井一乃氏に深くお礼を申しあげます。

二〇一一年六月　東日本大震災の復興と原発事故の終息を祈りつつ

田中郁子

田中郁子（たなか・いくこ）

一九三七年生まれ
日本現代詩人会会員　詩誌「すてむ」同人　個人詩誌「緑」編集

詩集
『桑の実の記憶』（一九九一年・詩学社）
『千屋の夏』（一九九四年・花神社）
『晩秋の食卓』（一九九六年・思潮社）
『紫紺のまつり』（一九九九年・緑詩社）
『窓とホオズキと』（二〇〇二年・緑詩社）
『ナナカマドの歌』（二〇〇七年・思潮社）　第十回小野十三郎賞・第八回中四国詩人賞

現住所
〒七一八―〇〇〇三　岡山県新見市高尾二四七九―五

雪物語《ゆきものがたり》

著者
田中郁子《たなかいくこ》
発行者
小田久郎
発行所
株式会社思潮社
〒一六二―〇八四二 東京都新宿区市谷砂土原町三―十五
電話〇三（三二六七）八一五三（営業）・八一四一（編集）
FAX〇三（三二六七）八一四二
印刷・製本
創栄図書印刷株式会社
発行日
二〇一一年九月三十日